地犬

吳介民詩集

獻給媽媽

目錄

自序

告別林触

誰是林触？整理詩稿這段期間經常自問。

最初使用筆名，是在大二，系學會刊邀稿，用了一個已經忘記的筆名，刊登後系主任找談話，「期許」年紀輕輕應善待自己前程，不要激烈批判國家。之後，在《大學新聞》用「鍾白揚」，酒肆老闆問姓名，就給他這名字，有一天報上真名，他疑惑、繼而失望不解地呢喃：你不叫鍾白揚嗎？

大約一九八六年，《前進》張富忠邀稿，投了一篇時局分析，請他取筆名，文章出來，作者「陳民雄」，社團友人說，那篇一看就知道是「喇叭」寫的，當時內心一笑。那段期間，有些校園文章由朋友們取名，《大學新聞》有「齊保台」，《大學論壇》有「巴震台」。還有一篇〈體質與氣質〉，是「個人政治宣言」，結果大新編輯（據說是數人合謀）因社論缺稿而拿此篇充當，成了匿名主筆。

大學年代，記了厚厚的筆記與思考斷片，那時想，如果把這些東西完成，用什麼名字發表？大約此時，開始用「林觸」，大都關於文藝，少數政治評論。多年後，摯友發現林觸不是原本以為的人，驚覺誤會很大。羅葉一九九四年出版第一本詩集《蟬的發芽》，來家裏夜談，那篇〈羅葉，將記憶之湖的波紋吹起〉刊登在《文訊》；二〇一〇年在羅葉紀念會上，《文訊》總編說：原來作者在這裏。後來，用簡體取代繁體，直覺「林触」更形象、更生猛。

寫作者使用筆名原因很多，有人為革命匿名，有人為抵抗歧視，有人出於時尚或羞澀。內心裏，最初的林觸，坦白說，就是試探，徘徊在寫作荒野上的試探，對文學身分沒把握，但分明喜愛書寫、非寫不可。爾後，與筆名的關係發生了蛻變，擺脫了生怯，林触讓我放心躲藏，舒放情緒，也佔據反觀自身的一處小角落。

筆名與本人，主體之間的身分游離。很長一段時間，陶醉在躲貓貓遊戲中。不經意聽聞別人指點這些筆名文字，評與賞都是「真實的」，如同電影導演與觀眾同處暗室觀看作品的爽快。經過多年，林触成為發表詩與散文的固定筆名，成為身分認同，以這個身分，為自己保留一塊寫作的祕密基地。當疲憊或挫折，或繆斯來襲以至喋喋不休，可以在此點燃文火，靈視分泌蠕動。

寫作當下不顧慮發表與否，不理社會角色，因而直白袒露，隨思緒自由起落、積累經驗厚度、沈澱風格。一旦發表即是展演，不免動心斟酌，瞻前顧後。孤單之時，「社會」浮現；寫作時，「社會」便隱沒。有林触守護，挪出學術與公共領域之外的餘裕，得以遐思金胎兒、多鼻公、吾友壁虎的存在感，耽溺在「獨我」與「政治」之間寬闊的潮間帶，觀照情緒與天色的替換……

沒想到，在這樣的時刻出版詩集。最早，淑美提議幫我編詩集，暖暖的心意存著。去年春天蟄居香港寫論文時，印刻總編初安民來信邀稿，於是開始認真琢磨，淑美巧思編排，主張時間動線，讓我自在拼湊記憶的塵埃，江一鯉引導編輯流程，也耐心等候我們的慢工。近幾年，將積累成冊的詩稿開箱勘察，偶有心動，便寄給《自由副刊》孫梓評主編，他見證了「告別林觸」的過程。我要誠摯感謝這幾位朋友。

出詩集，是曝曬，揭發祕密基地，將私屬的「神龕」推上祭台，不得不讓林觸除役。告別林觸，這一趟走了三十年。

2016年9月

惟寫作(Reading P.C.)

惟寫作使我安定
若石頭是細沙的聚合
若死亡賦格沒有女聲
若骨灰不由火焚，而是
研磨
樹幹上花朵不肯開

惟寫作使我安定
如果時間沒有影子
如果殘酷還不到時候

13 惟寫作(Reading P.C.)

惟寫作使我安定
碳化的心

註：P.C. 是Paul Celan（保羅・策蘭）

2010/8/22—刊登於自由副刊 2015/3/8

愛之情緒發生的時刻

正從燥抑的實驗室
溜出來我瞥見
一個男子攔腰
擋住來路，他
盤據陽光結冰的
樹根 喃喃發問
「這不美嗎？」
『是的，先生』我躍過
陽光沈默的甬道

爬上屋脊遠眺
悶悶轉身
「這不貼近死嗎？」
『是的，小姐。您也更
緊鄰陽光』

1995/3

Homeless and 109th Street/B'way

我顛顛倒倒從酒吧
走開，我的戀人，想念
病榻的父親　生死
別離，以及人間的儀式

別伸出你的手，走開
無家可歸的浪人
「為何您待我連走獸不如？」
是的，看我搖擺走姿，足可
證明絕對貧乏

17 Homeless and 109th Street/B'way

我的夢中，未曾有過
舒適的一覺
因為戀父、戀母、我還依戀
那清醒時刻的所有

很想多給你一分
只是，酒精麻醉我的多情
神經，放開啊，你這有家不歸的
遊子，『為何您那樣複雜難纏？』

哦！無緣的愛人，我不曾無意
放射異性之光，直達
您感情耗弱的驛站……

別攔我去路，「您這情緒的
乞丐」何必顛顛倒倒 釋放
滿街單飛的慾望銀翼？
『您孤獨，寒冷，嫉恨
成雙的事物嗎？』Yeah，

我隨時可以倒下，站起來
再倒下——
「等待著死、死亡、死亡的儀式」
莫非腐臭的清夢？·Hah，『量您不敢
緊握酒瓶，當街倒下，從此不起…』

1995/10, New York

19 Homeless and 109th Street/B'way

嫉妒的心

嫉妒的心
源於自卑的深溝中
有朵摯愛牢籠裏
自由腳步的
腐敗的集合
關係中的
困頓苦思
不
得

解決的慾望

抄寫1993-4筆記之一頁
2015/9/17

地下街

有天傍晚，為了赴約，匆忙行過捷運台北站，看見三個盲人在表演，一女歌手、一女織毛線、一男讀點字書。駐足，有歌聲從心底響起。請用台語唸，也等待音樂家來譜曲：

光是汝眾郎的財產
烏暗是阮自由的私奇
光明是大家營造的幻影
烏烏暗暗阮著通好編織私人的希望

人間毋但兩色
中間有無得定四界七逃的海湧
親像阮看不到
不過汝也沒法度感覺著的微妙風景

哎——啊！沒人知影：
烏暗是神祕的代誌
內底有足美的物件
是阮用坎坎坷坷的身軀
去換來的篷紗布料

電車來囉，緊走，莫閣囉嗦囉！
請你駛阮的心，去追求汝的自由
把光明跟烏暗攏乎伊載走！

註：2010年春天李婉菁為這首詩譜曲，並由陳文鈺演唱錄音。

2003/2/16 – 2010/2

最美好的刀口握不住荒懶的心

十五號公寓

晝寢

無窮陰道盡頭的岔路
紫光竄迴
吞炭侍者長日臨床
堅持
盛裝鐵灰的竹簍

矮夜

多鼻公托夢阿媽轉告母親：
明晨花開富貴
開棺後宜曝後書忌自慢
可包牌

交工

我把身體交代你你來幫我做身體
你把小鬼托付我我來替你養小鬼

方位

上：淨身之水譁騰眉間
下：G在斜陽之濱迎風斯文

左：伊有無止境質問若矜持
右：四肢空轉太虛

願語

甲：耳鳴阻斷牛鬼蛇神
乙：有性無類必得福報
丙：高潮迭起時勿忘樂透彩
丁：滷肉飯是菁英主義者最後的晚餐

牲禮

湯水蠕動肉團漂浮
愛不起勁
慾望否定慾望
神明寧選擇

那盤未割的四果

Eternity and a day

賊在G點迷途

途心有樹

樹繞著黑澤武士的馬影走

七之一

霧中迷途

騎士對話

無言之舉

諸事成而未定

預言女巫走

皺褶

岩壁上滿是湖泊
沿岸我跳踏石子路塗抹眼影腮紅
迎接森林中霸道的你
奉駕保生大帝
無事不問
靈脈見

光

當光通過臃腫
~~群獸，隱匿雲雨~~
您消瘦的情意
在李子園爬滿蟲
叫人收拾一地
盛夏的驚息

雕像

開往十八尖山的末班列車
男人搭臂孩童追逐
月台上有你
伸出最後一根討寵的食指

晏起

電話那頭叱雜聲微微
微
微
微——微
微——
滑走

古月女子

趕赴公寓的計程司機名牌：
胡好

召喚

我永難忘懷那夜歡日蓬的清晨運送
我回家
車裏放送的福音女聲

六號出口

文學步道不平衡詩句絆倒我
挽留您徐徐遁入毛堆的傷唇
熱泉湧自崗哨囚禁我

滾絲邊赤橙石階上
蝕刻
燒燙我體味

Distinction

愛在貧窮一瞬間
瞬間可當真永恆

黃昏

疲累的對太陽沒興趣
對床沒感覺
對風冷淡
對你笑

臉

苦不是味道
鬢鬚盡去
森林已空
紙杖行走

吻

牙縫是你的門
縫中得窺竹籠
籠裏收容斷指殘臂與我們合作青色的夢

傷

紅衣套頭
她長頸上栽植黑莓

精靈不感嘆
日夜獨徘徊

床

最美好的刀口
握不住
荒懶的心沒人梳理
睡眠伺候殺機

Logos

電梯裏按住時間的女子
她瘀青的臂上刺有鐵灰密語
指點我們快快通過光的臃腫

路

惡水流斷橋
鐵軌行劣馬
跛行交通抵三更

Share code

墓即公園
Deep pains buried in a shining yellow beach
左臂支飛行，右翼霍霍
Desire or Cemetery?

Gaze

我以雪積三寸的步履

模擬敗心跛腳的談吐
I cry because I can't love you

清明

白飯上香
五體勃伏
日照不足
孤骨好聚好散

三首國

多頭崢嶸，吞噬各異
獸眾啼愛圍觀
萬身倜儻

謎

她有一帖待購的物資
我有一扁身皙長女影未定名

Earth

田埂盡頭有求必應
多鼻公飼奉三首聒噪眾

唯酒

愛號難愛
傷你綁架愛
篩愛海無量

計畫

沒完沒了
延遲的等解凍
屍身骨肉相殘，踐踏
國眾

sars

換一個拉丁字母
我們就直飛火星
距離拉近了，
國眾
口沫橫飛

羅馬

不說希臘
不發表文弱的依賴理論
庸常民粹不懂你
虛矯的詩人
搞亂
浴場的秩序

日光

那男體不如山美
她沒看、沒摸、沒想
「不能說你嘗試過真愛」
『便不舉倉皇的須臾』

三三

多嘴獸盤吸我身，露牙
吮咬我肉
未曾體驗的快感

三四

趕赴教室的腳程何故
沈悶如夏山——終於
我內褲赤身端坐講台
學生們專注討論文本
我偶起身註解，千萬隻眼凝視
口吃

十八王公

在黑金社區
十八號上演拜斗燈會
我們蜷曲在蜂炮射程外小酒桌
學貓叫，學牛飲

世界街

她的啼哭
在貓與幼嬰之間開鑿
另一個維度，她
淚涕如山洪
阻獸眾離去

三七

夢有三幕：
那奇矮奇醜怪的孃
硬是鑽進被窩

暗得令人不安的空間
輪椅上，額頭有塊紗布罩住傷口
瘋狂而被強制手術
恍惚不知我到訪
術後無神
彷彿在譴責我的遲到

躺在擁擠的空間
滿是躺睡的人……
她來到這空間
將我拉起，隨她去

三八

我想休息
想離去
編造一個至親好友
可以接受的理由：
「我很疲倦。請接受我的不告而別。
此行不知多久多遠。我會的，會想回來。
但不確定。
請安心等我消息。
不必著急尋找。」

三九

眼神深處有膿瘡
望穿無盡責任的底谷

Pablo

彼時睡鬼來
鋪張我身，又
引我言塞語紛，又有
自大且白龐之風
毀寂我眠
灑散滿床的葉子
如刀把把割我脈管
血如是
放流潔淨

那一道道傷口有你，你的
嘴印

2002, 2003, 2005, 2007

焰摩的手扯斷那串時間的粗麻線

紅葉，水尾

一

這座湯屋
有無窮多個浴池
沿著溪谷，蜿蜒
直到山巔的檳榔田

直到有一天
這裏來了小鬼

把浴池當作溜滑梯
還一路
溯溪回家，惹得滿山
狗兒山澗裏徘徊

原來她們住在山巔再越嶺的
雲端部落

二

鬼兒們嘻嘻鬧鬧打水
你來我往擾人清閒
「我要親自報仇⋯⋯」
小鬼對小鬼喊叫
「不要吵！」
「不然呢？」

小鬼赤身跳水
「你不害羞嗎？」
於是，小鬼走了

三

直到有一天
街庄重劃，馬路改名，傳說湯屋
也換了主人。沒人再探問
那山巔的
檳榔與雲端的小孩

山腳下一畦畦乾癟的太陽麻
柏油路鋪到雲端
芒草綻放在浴池

主人不在
小孩哪裏去了？
「鬼兒大了？」
『鬼兒老了！』

2009/12/9

富陽公園

一

高速路摩天追逐
嬰孩們抱頭低語
林中，雨如夜
寧靜
存在城的縫隙

二

林中雨如夜
艷藍的夜
蕨，何以默默排列
淌血，姑婆芋何以
照引行者
篤實不改的腳步？

三

樹幹要開花的時刻
烏雲，觀望另一朵雲
他們是多鼻公的子孫
伸吐蛇鬚，自由自在
「One o one, you see!」

蟾蜍，自以為豐滿
他貧脊的腹語飄著水草招魂

四

『One and one?』
心驚起，是愛欲在說話？
「毋是按呢啦」
「哪會倒退攄」
「毋通按呢行」
是初為父母訓導幼兒的練習曲？

花果，自以為豐滿
他稚嫩的鬢角有魚尾開衩

五

天狗吞食銹月
相濡成災。俱在
五點鐘前冬至

六

水桐想著床的林邊
蚯蚓聲聲催人：
想像 白色俘虜於地洞淨身煮食
想像 誕生一座森林公園的宵禁之日
社會的記憶在腐土堆發芽

想像不久之後，萬籟
俱寂，路網不斷蔓延
樹木再度遷徙流離

七

『彼時有睡鬼來
鋪張我身，又
毀寂我眠
白龐之風，遂
跛行而去』

八

那天譴的花果與蟾蜍
他們的肋骨
在社會的腐土堆分裂

「In the beginning was the One…」
「太初有道。」

「太初無心。」
「太初不為。」
林中如夜萬籟寂……

2009/12/6

時間自己做了決定

白露後第一聲貓爪
把我
從耳鳴中喚醒，於是
時間自己做了
決定

　　雷打量著富陽公園的蛙鳴
雨停了

門鈴響起
時間歸還鑰匙
鞋已經在濕滑的山徑沈吟

但，夢該如何解脫
人形蜘蛛設下的陷阱

焰摩的手
扯斷了那條線
那串時間的粗麻線
岩壁掛著風
招搖，如果

　　　　　芒草掙扎
在洋柑菊亂舞的
碎石堆邊

用力過猛的二尖瓣啊
心在呢喃

哦，金胎兒躺在綠毛堆
編織自己的羊膜

時間喚醒的
不只耳鳴
有迷糊的野薑花
還有方耳雀
斷橋歸來

雷和雨
翻滾在鐵捲門
午夜顫抖著鼻音
在門檻留下抓痕

於是，時間自己做了決定
那門縫中有光的腳印
還有運送乾牛糞的燈火通明

2009/11/17

抽象是可能的

孤單之時，「社會」便浮現……
當眼神在湯中燉煮
抽象是可能的
風呂空間性別交番
抽象是可能的

當滿山狗兒心虛狂吠
抽象是可能的
林中行當銹月弗擾
抽象是可能的

§

當平行線在秀姑巒開花
抽象是可能的
當流籠在政治中結晶
抽象是可能的
當黑面觀音起駕而飛機罷飛
抽象是可能的

當金胎兒在編織自己的羊膜
抽象是可能的

§

當文明煞車文明之間轉譯是愉悅的
抽象是可能的

孤單之時，
抽象是可能的社會是可能的

社會是可能的
當抽象是可能的

抽象是可能的
當抽象是自然的

§

當政治成為志業
抽象是可能的
當解放詩成為志業
抽象是可能的
當病成病態成病自身
抽象是可能的

§

當落陰可觀可牽引
抽象是實在的，比如夢

當地獄不深不恐怖
抽象是可能的

抽象是可能的
病成病態當自在

§

當瓶中影攬鏡自照
抽象是可能的

當瓶中影照亮自己而
抽象是可能的
抽象是可能的

當抽象是可能的，
抽象是可能的。

2009/12/13

影子靜悄悄

地犬

一隻狗奔跑
火堆前
停下腳步吠

那隻狗繞火堆
跑圈圈
直到有人說話

那個人走向火
狗張望
光從尾巴流走

光在地上
搖曳
人沒回頭

那人依然
走入火
影子便巨大

那影子吞沒了
人
狗還在

除了火
影子
靜悄悄

2010/1/3

73　地犬

你通過光的臃腫

當光通過臃腫
你，影子不穿
也通過光的臃腫

當光通過街肆
馬路歪斜稿紙灑落一整座城
你信步月光渙散的巷弄
我們窺視，互相謙讓路過的乳房

當光通過隧道
你靜寂，撐住自己
走入昏昏長長的土石迴廊
我們窺視，互相謙讓的乳房

當光通過浮橋
你在她懷裏，不發一語
徘徊在喋喋不休的河床
我們窺視，路過的乳房

當光爬行層層疊疊的冊影
你緩緩起身，想寫字，勻勻調氣
不讓光呻吟，不讓光過去
我們窺視，那乳房

我們擁抱，那光
通過臃腫
我們守護，那光
不讓它歪斜，不讓它渙散

但你，欲赤裸前往
連影子也不穿……

註：為詩人羅葉而作

2010/1/27－6/16

77 你通過光的臃腫

愛人不在時

愛人不在時
我最可怕的愛人
一整年沒動

颱風走後的艷陽
我咳嗽、打噴嚏，因為
塵蟎、蠹魚，爬滿我的身體

因為我打開塵封的木櫃
翻折的痕跡，畫了又畫
濃烈的墨
撫觸的汗漬
沁透入背的觀念，一再
咀嚼消化
傳授過或書寫在不能發表的
酒與夜
　　美少年，男山，醉案形
統統抛入瓦楞紙箱
捨不得撿回來，看一看再翻翻
又摸摸聞聞，丟回紙箱
　　三貂角、馬賽、利澤簡
捨不得
又用蘸水的手紙，輕柔地擦拭
　　銹月，金胎兒，跛行三更

如掩面摳鼻的罪犯
賊賊地塞回櫃子

愛人不在時
動不動那可怕的愛人——
艷陽下，把自己揭發
在自己的陰影外
每天，重複這樣的曝曬

曝曬那醉酒的夜有否愛的
沈積，有
沒有
吐，

一地雨

2010/9/24—刊登於自由副刊 2015/7/5

81　愛人不在時

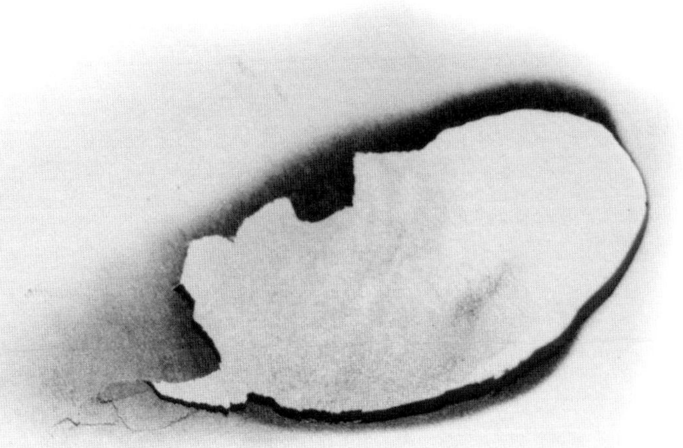

吾友壁虎

讀「深歌」時
平易的詩行
有一個
阻礙
理解的字

別離十年
壁虎
回家找到了
我
嗚唱如惜

於是
離開我
沈默的浴缸
去翻看
字典：

夜深無酒的
巷弄
倒影中，只有
青春受難的
形象

2010/5/11

密婆

日頭金金閃避著
烏夜的太陽，
密婆佇竹仔尾
吟唱歌詩。
月娘啊，毋通歹勢
緊出來
佮逐家作伙，來吹
暗暝的冷風。

飛往宇宙的船隻
當咧燃火

歐巴桑讓位予頭攏
想欲飛的少年家
伊講：
囡仔兄，寬寬仔來
天頂的雺霧
就愛看斟酌
莫傷衝碰，
予阮目鵰底飄丿的人影
變作皺痕。

飛往宇宙的船隻
咧欲飛嘍

伊擱講：
天頂貓貓土腳全空，
世間真歹扭搦，汝著愛
匀匀仔行
毋通佇閃爍的圳溝
跋倒去，
予孵膿的腳瘡
束縛牢著。

飛往宇宙的船隻
無袂等人

月娘伊猶原佇咧走閃，
密婆同款佇竹仔尾
吟唱歌詩：

少年家，緊大漢
通好鬥陣打拚，
予汝行過的大路無烏雲
汝𨑨迌的所在無人冤家，
嘛予阮身軀頂的皺痕
變作目鳩底
一層又擱一層的
美麗山影。

註：密婆即蝙蝠

2000/2/12－2010/6/17－2010/9/14—刊登於自由副刊 2013/7/31

朝

光出雲

他踏破腳皮
只為尋
古木老蔭
午陽一瞬
人類曾經存在的
證據，荒塚
相思林間

盤登廢寺的
混凝土梯
長出的一塊
新苔

光大出於雲
身後是
層層厚塗的破洞如來

2010/11/2

大暑

他悉悉帥帥踩走稜線
海頂在頭上有高壓電塔
掛滿霞影
滂沱的期待，以
芒花的枯萎

日落的城邦，他隔著
一襲風衣抓取恐怖
數落時間之光

穿梭兩幢危樓的不對稱
較勁
否定，挽留身心二元

大浪團團，他放走
海，收納最後一隻壁虎的
歌舞，夜的
靜與歸來，以
枯萎的滂沱

2010/8/5

夜物

一

夜物降臨。
鷹，蝙蝠，蝶？
人為的高度，一株
香，未上火
佇在湖中央，
斜陽看它一眼，
觀音大屯拱手護著它
發散天空的影子——
一隻隻翱翔的夜物盤旋這人為高度

低飛急停鞍部
旅人歇腳未定的跟前，
塵埃紛起。
這登高疲憊的旅人
屈身，暗沈下來的艷藍
尋找生命的道途，扶著草
來到荒原與橘光漂浮的
奇幻：以鷹的眼
評量這座城的運命，
揣度信仰崩裂的或然率。

二

鴨子結伴梭行，
七月半。
水底湧來波紋，腳步搖晃斷續營養不足的

齊聲呼窮——
門開了，生食者勿入
牲禮酒水備妥，人們還願
禁食。飢餓的兄弟們，且慢
明月照亮陰道，供桌，照亮
好兄弟回家的路。
今夜放縱飲食的，你們
昏昕出發不許留一瓢飲，
不再飢餓的兄弟，好走。
好走，別回頭。

三

旅人，看它一眼
人為的高度，在大暑
白露間勤換被褥。

烏雲，在蝶和蝙蝠巡航的邊界
圍攏，擁抱，攪拌
在它的背脊
顫抖，閃爍，爆炸，噴光
渲染於神經突觸耦合完美的亢奮之外
這雷咆哮，喘氣，卻無聲
若掉落夢寐，吞
嚥口水又喋喋，比畫——
前方有險境，或契機
彷若天公開示失聰的乩童
試療方於喑啞先知。
——旅人，醒來。

四

醒來，宿醉的兄弟
看秋天的顏色在腳下
驅趕四散的雲朵，
雷撿拾夢的碎片
除地上污濁，盲者
禱告，跛者灑掃。
夜物盤旋
這人為高度，前往
湖中央
披白肩穿鋼絲纏紅腰
於四獸飛翔，噓風點火
竹林鼓浪，廟門推轉厚重——
最後一隻夏蟬停止鳴唱
諸蟲接手，鼓翅作樂。
——門已關妥。

2010/8/25—刊登於自由副刊 2016/8/17

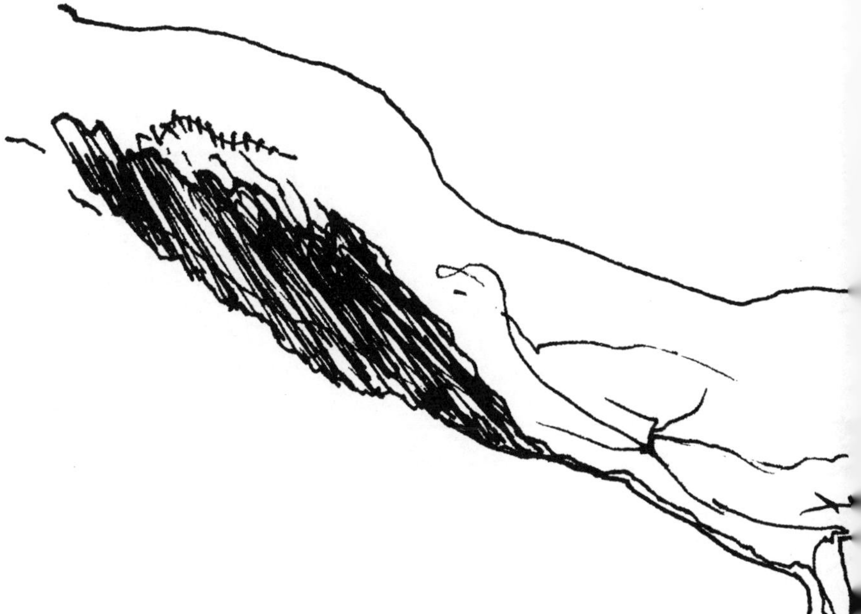

欲望滾下來又滾上去

無題（一床夜露）

橘光翻飛的山凹
草割過的味道
蟬掉地的聲音。
抓牠，撫摸牠
不要害怕
牠講話

冥蒙的坡道
餘燼覆蓋
一床夜露
欲望滾下來
又滾上去

血色未乾的
罪犯與良心
都留下平等的
腳紋

「不，只有抽象是平的，
那血色的塵埃，
抓住，不要怕。」

老式登山者
收音機掛在腰間
播放還沒有
被暴力粉飾的歌謠
卻不讓牠講話

2011/7/28—刊登於自由副刊 2016/6/5

103　無題（一床夜露）

無題（夜巡）

一朵適宜夜遊的雲
她用傘收集冰雹

五月的雪從蒼白樹幹苔蘚縫隙中
泌流，細胞壁撥弄細胞壁

深不見底的坡60度酒把嬰孩和政客們
灌醉，從地下室撈上來

老農拖拉一籮筐土雞，披著蓑衣
往地主家去，雪已鋪好飢渴的眠床
乾裂的水庫海蟑螂躺著，朝向出巡的霞海
牠們吶喊：上路吧，迷途的白鯧魚
不見底的坡把天頂扶正
烈酒在鐵皮屋頂在雪泥中融化並學習謙卑
一朵適宜夜遊的雲
她收了傘，悲傷海蟑螂

2012/1/23——刊登於自由副刊 2016/6/5

無題（碑文）

從乾涸的海底
碑文碎裂的字母
爬上帶毒的瓜藤
在死後第一度的性愛裏
叫聲甜得太嘶啞
於是，靈魂得到一個
形體含糊扭曲的
垂掛在出海口歷經滅村的
鋼架上的
解釋

107　無題（碑文）

無題（蟬的止鳴）

他爬行在一條墓碑鋪成的山路
一條無窮遠人影纏繞作伴
太陽正在沈落，雪紅的喧騰
政治，啊，幽冥的火海
這一路，人和寵物都不招呼

他忘我如昔，爬行，思索碑文
與政治的瓜葛
在鬆軟的土角，人影

踏空，遂跌落嘶喊
烏托邦的講台
台上矗立青色的夢
墓碑鋪成的路，碎裂的
肋骨，頭披繡滿學號的衣裳

他不衣也不語
以藤蔓與陽光交媾的速度
（陽光萎靡了，仍貪心地）
堅持爬行在一條墓碑鋪成的山路

2011/7/10

無題（捶打胸膛）

捶打胸膛的人拾級而上
（有人昂首，有人垂頭，大多數垂頭的）
狗跳高在遊行隊伍裏找領隊
（不能想像只有一條狗，一群喊口號的人，聲音沙漠）
縮頭老婦滑著碎步來
（眼底有複影顫動）
傘帶路，她掉頭笑
墨綠的樹蔭，說你好
她說：早
（樹蔭爬過相思林，掀開她皺褶的臉皮，打翻綠茶杯）

一群女人像炊煙滿足地鬆開一下午霸占的枕木
（煤味夯隆隆鬧個不停）
小動物從車頂拋落咬了一口的果實

那是蝌蚪昂首聚會的水塘時代
傘帶路，她掉頭笑
苔蘚花開了吧？
（黑螞蟻覓食她的腳，垂頭的依然垂頭，狗聚集更多）
她從水中日花瞧見未來的影子
（潰爛的漂浮在墮空的言說）

2011/10

媽媽的手仍熟練地煎魚

淺色的飢餓

淺色的飢餓
停格在思考的姿態

島 曾經是豐饒的
喧囂的硫磺

環行這島不過三日
而藍色的月亮已不耐煩

城市隨落日抖了抖
森林般妖嬈的塔樓跪倒蘆葦腳下
農夫困在電梯間
裏頭牛在打哈欠

鷺鷥起飛

牠們說：節奏組少了低音大提琴

2011/12/18

穀雨

冬天寫詩的草地
一層泥濘，如鏡
貪看——
裙擺退去的霧
你的腳踝
雨中踩著舞步
收刮乾淨的地平線
山太遠鏡子看不到
鏡子們打撈金魚紙瓢般薄弱

甚至——頂撞時序的
鐘擺也罷工了，這世界

鳶尾花把山殖民
孑孓閃爍的眼珠膨大想昇華
精靈們入夜暄騰沐浴在丹爐
野放的美毀了這世界

被影子驚嚇的我
如今存在？

　水里來的波紋
　錯身的人還人影？

盲啞者在泥濘上跋涉，身影
抵達往事退廢

慧能頹沓的學校
她們摸索著刻字的鋼板
生銹的筆桿
摸索著撈取
溶解中的記憶

如果世界在此中斷
誰還在乎雨中踩著舞步
你的腳踝？

記憶溶解中
雨水是新鮮的

　山里來的喘息
是坐著的還起了身？

冬天寫詩的草地
一層泥濘
遠山貪看如鏡

2011/5/8

夜

奇妙的除夕夜。
鬆脫感。
厚厚煎黑的白鯧魚。
耳鳴的胃口。
瑪格麗特曾構思一桌大宴的菜色。
媽媽的手仍熟練地煎魚。
沒有打鱗躺在煎鼎中。
不尋常安靜而溫吞的冬。
一天變三次天。

白鯧只挖一個洞。
晚餐便在彷彿的酒氣中蒸散了。
嘴巴們仍拱著腳扒飯。

浴簾冥想第七號第二樂章
壁虎的夜。

2012/1/22

世界街

城裏一條幽冥街道如是發想——

侏儒宣告：
「被冷落的皺紋藏有真相的告解」

皺紋無爭
不言所以

（潮濕、水坑、陰影有股騷味）

街道說：
「彎下腰，不表示崇高」

侏儒回嘴：
「天花板外，老飄著
修行者的悶雷與善變」

（腐屍、被剪除息肉、焚燒之回聲）

石縫中
陰影溫吞吞
斜眼提問

以華麗修辭
稍作
感冒狀：
「惟詩傳達
適切的體量」

2013/4/23 – 2015/9/28

繆斯的錯誤

繆斯在她踩破一隻蝸牛的昏昕
她用她沒有腳的身體
匍伏在神龕前吐出
一隻又一隻蝙蝠。於是
正在梳洗的太陽決定把黑暗
平均分配給人類，
把潮紅給了貧瘠的土地

潮紅的土地上繆斯假裝她
是棄養的寵物怕被看穿
山飄過她耳後她點了
一根雪茄
燃燒對世界的渴望
一絲一絲褪去。乾淨了
她開始學貓叫

嘶啞是孤獨的人類很少能承受
時間有重量嗎？
時間被扛到市集
她握住鐘擺她儘管使力
她練習發音粗糙的很
破了又麻
直到時間自己走回家，

身上披掛烤焦的麻繩與餅乾
她躡著腳尖生怕從夢醒來
在山坳穴室溫涼潮濕中分泌
繼續分泌，邊吃她的餐
別提醒她世界有光有性分內外。
自從被綁架她沈醉在小宇宙
自我再生產

久了時間
鐘擺已擺正
她長出腳，腳上還長毛
被嫉妒得厲害卻一副無知。
據說有個古老民族在貓眼裏看時間
她最怕這個謠言
錯誤

罪非原罪不可原諒神的錯。
繆斯用她兩支觸角守在宇宙的盡頭
另兩支捧著溶解在血海中的炭粉
是萬有的大體剩餘，浴火之後
她動也不動
在冥河泛舟打禪
顯微觀照輪迴

喂，繆斯——
地裏剛發牙
雷公爍燼也醒轉過來
太陽早已疲倦的非常遙遠。
燃燒吧，永恆的黑色性感

在貧瘠土地上
引領我們飛升

2011/8/11—刊登於人間副刊 2012/1/29

131 繆斯的錯誤

但我擰乾抹布繼續打掃雪季的心室

夜動物園

多鼻公在永晝迷離
時代的病徵
精血滿潮而無方向
穿刺
發散　冷卻的宇宙——
「躺倒在融雪中的駱駝」（註）

全知全能的熟睡，蜷摺，或
緩慢　伸展　覓尋夜宵的偶然

墜落，不自由的落體
將牠攔截在瀑布的火花之外
牠卻選擇　深潛
銹月也挽留不住
直到飛船發現　拖網中的
化石

然則，「石頭是會飢餓的」
醞釀巨大的氣力
積存情緒的
貨幣，在高懸的鋼構之間
滾動　伺機　伏擊
行走沙漠的鱷魚

鱷魚們正在兜售一場跨海的交易
（這是海洋中的公開機密，只有管理員佯不知）
而牠使喚著義肢
驅使人類在冰塊上飛翔

註："And the camels galled, sore-footed, refractory, Lying down in the melting snow."
T. S. Eliot, "Journey of the Magi."

2013/3/21—刊登於自由副刊 2013/5/27

137 夜動物園

亂舞，樹之眼，致L

Dear L：

入冬了，第三個冬天，日光在堅持，蝴蝶卻亂舞，恍惚如春。書架上有你的寫真你凝神寫作的側影，那麼專注，讓我相信——西行之路，日有方寸。

黑狗在溯河，叼著完美的魚刺
中中水水
吞漫巨大而陌生
的觀念，負顯的

藍皮膚老婦（她在你離別的時候不過是少女）
懸崖邊⋯躡腳探問，馬尾遂
搖　如樹之眼，在洶洶焚風中
收羅空間的不連續

嘆息在腐敗的魚腹營造
腐敗的化學式
~~衣膜裏蠕動~~

~~酒退後，~~
眾皆曰寒
　無主神跪顫紅尾大蝌蚪的降臨
　從喜泣，哽咽出骨頭
　從嬰兒的啼哭聲接引貓咪的子宮

我知道那還是深夜，但
我擰乾抹布，繼續打掃
雪季的心室

2012/11/20 – 2013/1/17

141　亂舞，數之眼，致L

路標

昨夜，到內政部廣場，年輕的吶喊，裏頭不乏成熟睿智的靜默。
清晨，行動堅持著。
下午，還要堅持下去。
午夜在聚光燈旁，P說：可以幫忙寫公民不服從嗎？
想對P伊們所有的「佔友」說，這是我的「公民不服從」
來自荒野中年的敬意：

抱一疊詩稿躺在棺裏：
「寫作中，腐爛的詩」

無主骨架揮舞四肢
吸吮脫落的字詞

光從眼底燃燒，
「文文的火，煮泥成焦」

不在乎

棺外，文法
斟酌每一個符號
直到稿紙寫盡，敗壞

犖犖的木銹
新綠怯生生

2013/8/19

Erbarme dich, mein Gott

天光即將暗去
我試圖湊近，摘下眼鏡
觀看牠數十分鐘
牠仍靜止不動
皮膚濕潤透析光澤
我知道牠仍活著
無法窺知牠的動機與目的

光澤在即將暗去的樹林
愈發閃爍
器官天生構造使然
牠仍在分泌
不抗拒也不哀嘆
兀自以堅韌的存在
讚頌受難的激情

「云何調伏其心？」

不過　吟唱
存在的欲望
空洞無垠之欲望

「以何為空？」
『以空空。』

註：Erbarme dich, mein Gott
巴哈《馬太受難曲》詠嘆調〈神啊，求祢憐憫〉

2014/7/7

147 Erbarme dich, mein Gott

讓我們挨餓餓到革命成立的那一刻

誰的手

誰的手？
誰的血腥的手？
誰那看不見的血腥的手？

神要這人死
因他是凡人

神要這人死
因他曾禱告
死的方式

死，
死的方式

讓他死
讓他苦難而苟延的
國家，有
存在的理由

太陽喧囂中
格外靜默的是誰？

螢火的季節
暗黑中，伺機出手的是誰？

神不許他死
因他是凡人
神不許他死
因他是義人
不死的義人
因他許諾此國
飢餓的人
未了的責任

§

神不許諾
生
神不許諾

死

神在乎
凝視
公正的審判

誰把這田，用土造了門？
並許諾從土裏長出肉芽的民
一個屬靈的
國？

造門的手
也是毀門的手嗎？

造與毀，皆神意否？

那半掩半開的門
為何發出
嘎嘎吱吱的誘音？

「何時關門？」

何時關門的恐嚇
阻遏不住
這人

因他活著
神必用他
行人間正義

他不死
因他屬神

§

在災中
災囂中
虔敬者有福

神不許稱頌偶像
不許敬拜
血腥的看不見的手

神不許喧鬧
聒噪如
撒旦統治的國
「必寧靜以對」

必寧靜以對
即刻到了的痛
災
與切膚的苦

無人信仰的國
唯此人信
真信
這是國
有魂有靈的國

血已洗清的國
唯此人，見證
血的手
數日、數月、數十年

跨千禧
仍未乾涸的
跡

神亦感情用事

§

「必寧靜以對」
『必寧靜以對』

所有褻瀆的手腳
在此洗滌
褻瀆的唇舌
在此了斷

然而，
神不許之死

神不許悔罪者死

神不許之死
因他是凡人
神不許之死
因要他見證

要義人對眾人說：
寧靜以對
血腥的看不見的手
神的手
神的手足

從田土造人業
又彌補以正義
『而我在死中許諾我的國』

2014/4/26 香港，修改 2015/9/30

片刻幸福

蟬與晚風爭寵
視覺無從
捕捉
山徑上一隻蝸牛
正悠然滑行
向不可知的大暑

然而
物的情緒轉換

片刻幸福，偷偷
抽換了底片
焚風把緩行者攬在臂彎裏
思索黑與白的奧義

牠是否知曉
那條邏輯僵硬的土路
曾有蟬翼在風櫃的
落影
舉杯搖曳
沁涼的日光

2014/6/17—刊登於自由副刊 2014/8/31

一九八六

一

當異象復臨
我們停住腳步觀想

松鼠列隊橫越山徑
芒花樹頂搖曳
殘雪綻放於岩壁
地洞裏頭
兵隊幻影跛行如焚

時辰還沒到，你說：
我們來早了
銹月輕輕搧動花蕾
我們來早了，你說：
沒關係，我們靜靜地等

二

當異象復臨
你影子來敲我門

青苔爬上斷指殘臂
野貓不改飢荒的
眼神，十八王公
向海
焚香吠拜

時辰還沒到，你說：
我們來早了
潮水輕輕掀開被褥
我們來早了，你說：
沒關係，我們靜靜地等

三

當異象復臨
六月天下乾雨

人們奔告：芒種
摳指甲刺青
太陽，披髮，飲血

祖靈，帶小鬼掃街
遶境

時辰還沒到，你說：
我們來早了
地牛泡在水窯只輕輕打呼
我們來早了，你說：
沒關係，我們靜靜地等

四

當異象復臨
山要走路要怪手讓路

資本的渦輪從西邊的
窗，闖入空中閣樓
兩百年，從東窗
降落。人們半矇著眼
在穢濁的巷道指指點點

時辰還沒到，你說：
我們來早了
小鬼還在掃街嬉鬧
我們來早了，你說：
沒關係，我們靜靜地等

五

當異象復臨
地糧雜交晚禱的時刻

夕陽的縫隙，拋出
頸背優雅
遛狗女人的
貪食而非禮之
犬，瞬間蛻變成狼

時辰還沒到，你說：
我們來早了
大屯觀音在遠方閃爍其詞
我們來早了，你說：
沒關係，我們靜靜地等

六

當異象復臨
山川解凍鳥獸
打亂了節氣，違逆
演化的規律。不信
萬物有神眷顧
修辭，邏輯與造句
蚊蚋繞著地牛追逐
烈日在地平線雕琢時間
天才與機會主義者共食

當異象復臨，讓花果
供養早產的小鬼，你說：
讓蟾蜍背負祖靈悔罪的烏影

七

當異象復臨
都城宵禁人們
早喪失個性。謠言
湧上街頭地底爬出
鎮暴機器加入造反的
隊伍。拾荒者停止乞食
揀尋花朵與石頭，在聖堂
發願：讓我們挨餓
餓到革命成立的那一刻。

當異象復臨，你說：
讓我們準備好
犬儒主義的最後晚餐

2010/5-6—刊登於人間副刊 2011/7/12

一顆蛋正在孵長反骨的蛇

萌1962-1986

~~1961~~ 1962 1963 1964
1965 1966 1967 1968
1969 1970 1971 1972
1973 1974 1975 1976
1977 1978 1979 1980
1981 1982 1983 1984
1985 1986

（543行）
2010/10-11

一九六二

挖掘。
歐珀是家族的記憶
你蜷在母親的肚子裏
肚子上是阿公的大腿
大腿上是阿媽慈悲的
臉旁邊是風與風
不斷吹落的磚瓦

爸爸，還有他的兄弟姐妹們
以及你的堂兄弟在黑暗中
嘶啞
前一刻
　他們在街邊
　颱風眼中說笑

　看露頭的太陽，瞬間
　回南的氣流，逼他們
　逃回瓦房，甩了一巴掌
　這房子便與世界切斷了聯繫

懷裏你吸不到氣，靜靜
聽著，這生死儀式太過
飽滿、密實，全家人緊緊偎依
擁抱彼此僵硬的腹語，等待
挖掘者

記憶在
他們前來挖掘的路上。

一九六三

汝猶未曉行路
袂曉講話
就強烈感受著
甜物所象徵
一代傳過一代的
執決

阿媽上愛笑微微仔講：
「家己爬過戶限
趖過石仔路
去外媽𪜶兜的簳仔店
找到金含仔糖罐
抱著伊攏毋放
嘛無管伊

遛皮的跤頭趺
嘛嘛吼」

一九六五

長條屋是一隻黑色的塑膠袋除了
小孔天窗灑下的光柱是沒有光的
走廊裏頭出來的阿媽總是外衫鈕
扣不扣露出她老而垂腴的奶在晚
風中微笑迎風

單手騎三輪車一手抱著尚在學步
妹妹的阿公愛在橋頭搧風阿媽愛
亭仔腳吹涼阿公阿媽總是為了誰
來晚餐吃早餐剩下的稀飯在吵嘴

那天換你跟阿媽吵到底為了什麼
是為了奶嘴是不肯多穿衣還是過
馬路沒好好牽著弟弟妹妹學走路

看阿媽聽到一陣喊聲就從厝內面
深處小跑步她那半途放足的畸零
小腳丫手裏還緊握一把菜刀嚇得
你壞掉直往外衝喊阿媽欲給我剖

小心心的驚惶在一陣陣笑聲迴浪
裏滾煮你紅彤彤的臉頰那是一聲
流浪磨刀者的呼聲把阿媽的小碎
步急急喚出好嚇人的生銹鈍刀

一九六七

天暗了，爸爸
把你們叫到門口
要你們交出奶嘴
點火燒掉
淺淺的啜泣

一陣濃煙燻淚了妹妹
讓弟弟雙手摀住鼻孔
垂頭是你的驚懼，原來
奶嘴著火是如此噁醜的臭

爸爸一句話不說
不看火也不看你們
眼睛定定向著濃煙

飄去
你穿過
濃煙飛翔
沒有翅膀

很黑很冷的街道
慘白的路燈下有一團紅火
升起一條青蛇
在家門口

你的影子拉得很細
很長，很柔橫在街上
向紅纓告別

一九七〇

十月某一天
美術課老師宣布：
我們來慶祝一個節慶

於是，你畫了
一座島
島的四周
你寫上
光・復・這・座・島

爸爸看了睜大了眼
說這作業不能交
撕了扔掉
你傻了

夜裏，爸爸還在受氣
不知道火什麼惱？

那一年，不在乎自己
命運的槍手已經前進
帝國飯店。

槍手被捕的那一刻
有一顆蛋正在孵
長反骨的蛇。

一九七三

接連九天西北雨的第一個
清晨。你是第一個拒絕
向教室黑板上空
照片敬禮的小孩

（蟬聲轟轟）

先生要你收拾書包
到一片長滿雜草叫作
操場司令台的角落去
悔過

（蟬聲轟轟）

奇怪，沒生病
不必請假老師不讓你
上課，頭殼黑白轉
尿很急不能走

（蟬聲轟轟你好安靜）

紅嬰時，坐上紅馬桶
想：宇宙中心自轉
繞一朵小菊
花邊

（蟬聲轟轟你聽）

你聽蟬聲淹沒遠方
同學們巨大齊一的

朗讀。渾身發冷第一次你
知道那
屬於聲音統治的季節
（蟬聲轟轟你恣意聽）

你想：那眼睛盯著同學老師看的
祂成為人，再
成為他，又
變身她
再把ㄊㄚ
想成它，然後
是牠，你用力拉
牛　也
再出力點

牛……也

牛……

也……

一九七三又五分之四

有福的人，那是安息之年
先是台語佈道牧師
突然走了
「像彼个牧師遐好老，是三世人修來的。」
思索阿媽這句話，你還在

讓朝露化為垂柳的
那聲冬陽乍現的校鐘
黃昏慢吞吞你玩著回家
堆沙山蓋城堡，又在護城河流連
看水草扶搖
鄰居著急向你揮手
你跑回家看到
阿媽，躺在藤椅上

安詳的鼻孔流著血
媽媽在抽泣

一大早，還跟阿媽吵
零用錢用。從此沒有人
在你們洗完澡，
用長滿粗繭的手，滾動
你們尚未抽高的枝椏，逗你們開心。

安息。作七個七

不分有福無福的人。
大人們圍著銀紙堆疊的
火櫃繞行，牛頭馬面
跳恐怖的舞
在司公催促的鈴聲中
你插入隊伍

著迷那隻青蛇在火裏長大
準備飛翔——而

阿媽在沙堆裏喚你
手裡握著銅板
「憨囡仔，緊提去，
阿媽佇遮等汝大漢。」

一九七五

這一次罰站不是
不敬禮，是與物理老師
陷入「月球有無引力」的爭辯。

（蟬聲已經遠了）

他的臉膨脹得像蒸籠裏的麵龜
你站在黑板的角落注視著
龜的嘴角孵出波光，濕嗒嗒的
午後，講台下
一半睡死一半
眼神呆滯
這即將毀滅的星球，只有
兩個人對著潮汐

發生的原因有興趣。

（蟬聲已經遠了，蚯蚓還沒上場）

這次你能夠找誰當替死鬼？
ㄊㄚ已經被分屍
紅馬桶死在地心不熔解
長條爬物在哪裏？
你祈求

（蚯蚓趕快上場）

重力的對峙還在
搖動著一大碗海水
三顆星球的關係。

一九七五又四分之一

那突然對光
騷動敏銳的一年

你提著腰，看神明出境
鳳梨塞住了大豬公的嘴巴
女孩們濃妝艷服高高抬著遊街
七爺白著臉伸長紅舌頭，掛在
胸前的聖餅隨鑼聲晃動，提醒你
林投樹懸著心碎的靈魂在風中飄
八爺巨大的黑頭，長毛的眼珠
流膿，一家醉過一家
搖搖擺擺衝向你——
「囡仔囝，毋免驚，伊是人，毋是鬼！」

酒食之後，一隊人馬衝著神明喊叫：
「毋通予伊失電！」
人愈聚愈多，憤怒蓋過擂鼓
沒有搖擺，就沒有神鬼與告密者

　從此沒離開過街上
　有蛇概念在蠕動
　吃掉你被污染的視野
　把你帶走，從背脊爬上來
　扳開顱骨，讓你沐浴
　讓你開眼，讓你永遠不畏光

沒有搖擺，就沒有拯救失序的靈藥
人愈聚愈多，酒醉比清醒絕對
一萬隻手電筒照向幾萬張蒸發的選票
「嘜予伊給咱做掉！」

一九七五又二分之一

ㄊㄚ死了
全校學唱紀念歌

自從有蛇帶你走
你的視野的邊邊
開始毛毛

你看得更廣更遠
卻無法銳利聚焦
你的眼準備著
下一回神的慶典

ㄊㄚ死了
電視綜藝停播

ㄊㄚ死了
雨中操場聽訓
練唱紀念歌

「誰作這首歌做的這麼難唱？」
這場朝會宛若為長生不老之人
操演沒有蓋棺的喪禮
官辦的法會
沒完沒了

在你視線的毛邊
一條褐黃色的溪流
如你曾祈求可無限拉長的
蚯蚓，從前排一隻褲管爬出來
鑽進土裏
逃離噪音和雨水的蹂躪

一九七七

經濟起飛，
你們家墜毀。
那是你們曾經感受飢餓的一年

「家的破裂與復合的真理唯一是
勞動，無產階級的身體」

於是，在城市邊陲的小衛星工廠
你們成為輸送帶上的少年工
馬達休息的片刻
你和你的兄弟看著你們的堂兄弟吃
蚵仔麵線，一種你們還很陌生的點心
你們虛弱地看著

看著裝滿羹湯的大鼎滾起熱泡
脹大又縮小，那麼美
此起彼落，為何不破？
走賣的老阿伯看你飢饞的眼，豁聲：

少年家，腹肚枵呢，看啥潲？
汝敢毋知影，中壢分局予人燒去囉
恁今仔日食的我攏請！

一九七八

你的第一堂課外吉他課
你出神回味音符如何容易撥弄
夜校門口，站的不是工友
是跟你一樣戴著警察帽的教官：
吳，你過來，吳
（聲音愈來愈近）
今天發生了什麼事你知道嗎？
（聲音愈來愈響）
你還背著吉他踱步？
（聲音愈來愈兇暴）
吳，你給我站好

那一站就是暴力打胎與思想裁判的起點：
（誰來動刀？為誰動刀？）

你推著嬰兒車
尾隨一個十六歲的女子
車子裏是剛剛在革命中誕生的
金胎兒

你站在風中思索手碰手便懷孕的可能
你想像一個國家被朋友背叛的各種動機，為何
國家被盟友拋棄卻懲罰它自己的人民？

一九七九

大審判前刻。
你送包飯到家庭賭場
鐵馬穿越竹林小徑，一隻彩紋
大蜥蜴飛落你的臉額
驚顫後的平衡，你想
是懷著那革命胎兒的少女
捎來的訊息：
有蛇在生長

在島嶼熱帶的一個寒天
抗議以及鎮壓這抗議都發生
在同一個十字路口。

受審者的眼神比審判者

正，小電視邊圍攏著因勞動而飢餓的
身體的嘴巴潦草地扒飯
在你家飯攤

審・判・一・座・島
所有可動員的暴力與恨
所有被壓抑的愛與抗議
全部集合在這座以島為名的廣場

你依然在揣想那美麗的
蜥蜴傳遞的訊息，公寓鐵門
推出一個敷著臉的女人：
「送飯的囡仔，這零星仔就免找囉」
你漲紅著心，慘白的臉
收下錢
為什麼存在的客觀被揭示

描述，被叫喚那一聲
瞬間摜破你的自尊？

你在陽光撒下冷冽的竹林
思索變溫動物的存在理由

一九八〇

如礦災現場挖掘出來
小女孩，老祖母，小女孩
還有一個作為見證者倖存的
小女孩，她們全臥倒在一座歷史精神
至今未成立的紀念碑底下

一場無聲無影的國葬
在所有受襲擊的心底舉行

「他們以為這是大白天？」
『是啊，黎明只需三兩支刀槍去推遲』
ㄊㄚ的兒子的眼線冷冷地復誦
同一天誕生是巧合
同一天死去是巧合

同一天謀殺也是
「破案需要持續不懈的拷問，絕對」
『把所有問句尾音都壓平行了』

你在所有顛倒閱讀的新聞中搜尋
世界即將改變的蛛跡：
一窩老鼠燉煮在牛雜鍋裏
顧客們安靜吃著沒有抱怨
一個暗夜雞姦了鵝的司機
留下百元大鈔在犯案現場

你在勞動的空檔記錄
心情，反覆質疑出生
血緣與祖籍的巧妙關係
你試探自己從夜校
升學的機率

你在勞動的空檔寫作
那即將寄出的訊息

推車中的嬰兒長了一歲
革命繼續在許多國家
發生又被暴力推翻
你依然尾隨那
十六歲的女子
向著河的對岸尋去

一九八一

燠熱的夜
租居學寮的頂樓
聯考前夕，本能草草摩擦
同窗們仗著晾衣竹竿，循聲
躍向洗浴的女體

失重的球棒掛在路邊鐵馬的
把手，把手上有惡棍精心
塗抹的指紋
警察三兩痀僂插腰
抽煙，閒話

他說必須，
他們就這麼做

「別忘了，這是深夜」

草在哭
一具打爛的屍體
每一種聲音都豎起耳朵
通電的高牆底下
同志緊緊在擁抱

一九八五

一疊熬夜稿紙
在對峙的風中吹散
沒有人在乎
彎腰追逐，因為

先行者忙著上街
醞釀上街的氣力
或思考上街的話語部署

思想匱乏的校園
思想審查是必要的，因為

「他沒有說不必」
蹲在人二室腳邊的審查者說

不，一個戴假髮豆眼愛吃燒酒雞的職業編輯
「我幫你們潤稿」
不必。沒有人彎腰

只在乎追逐——
你們忙著寫傳單，傳遞暗號
開讀書會，串聯
敲每一棟宿舍每一扇緊閉的門
叫醒所有騷得動的心靈
一切都是底下的
底下在發生，迎接
異象的降臨

一九八六

詩要行動，
要詩人完成蛻變的一年。

詩說：
惟行動使人復原。

詩要詩人們喚醒沈睡者
執行社會療癒的計劃

所有沒有獲得祝福的反抗
和詛咒
都必須在異象降臨之前得到

詩的指示。

詩要行動。

編後語

同詩於一代

曾淑美

先是評論，然後散文，然後詩——這是認識介民前，接觸他作品的順序。介民的文字煥發出對人深刻關懷的暖意，特別吸引讀者想像，**這是個甚麼樣的作者呀？**當共同朋友J初次帶我去他家，我充滿好奇。

那是個春節期間的家宴，吳媽媽親自掌廚，菜餚清雅而美味，是北台灣料理的手路。介民的朋友一波波湧進屋子，歡鬧喧騰，大量夾雜著寒暄、知識與祕聞的對話在空氣中振動，彷彿拳擊手們在擂台上快樂練拳，迅猛、機智、出其不意。我新到，覺得陌生，自然不太說話。介民是周到的主人，特別關照沈默的來客，不停挾菜、勸酒。夜闌人漸散，回家前，我從客廳書架拿了一本西鄉隆盛的傳記放進揹包，不告而取。

二〇一〇年我去北京工作。初到不久，介民恰好來開會，因我住東四環北路離機場近，回台北前一晚他來借宿，方便搭飛機。次日，我煎荷包蛋、水煮德國香腸當早餐，沒想到他那時身體不好，不該吃醃燻食品，香腸自在禁忌之列。我覺得自己實在太粗心，不斷道歉，他反而仔細說明、教導初次離家的遠行者，一個人出門在外該如何準備食物照顧自己。我很感激。

北京城巨大而華麗，宛如希臘神話世界，充滿勢力無窮的大小諸神，美則美矣，然而神是不守規矩的。我非常不適應，漸漸飲酒過量。在一個，清晨醒來就開始沮喪的星期六，發了一封沮喪email給介民，他立刻回信安慰，要我務必撐住。我勉強起床，煮了維力炸醬麵喝熱湯，聊慰鄉愁，稍晚和姐妹們去三里屯，又是醉飲到舉杯四顧心茫然。第二天開手機，滿滿是介民的來電號碼，他的焦慮簡直從手機螢幕直接滿溢出來。我忍不住哭了。立刻回撥電話，聊了很久很久很久。

從北京回台北後，我們成為更密切的酒友。由於在北京的工作經驗，我讀他的《第三種中國想像》，不僅感同身受，而且非常佩服。回過頭來再讀創作的部分，對他的詩和散文的體認，比以前更深刻。飲酒之際笑謔傲浪，也更加放肆——所謂的「放肆」，舉例，有次朋友們在海鮮餐廳聚會，大伙都喝多了，我腦中最後記憶是跟著介民在現撈海鮮架前抽煙……一回家立刻躺平睡著。過了兩天，揹包發出怪異臭味，打開檢查，赫然發現裏面有四大顆野生蛤蜊。我至今不知是自己還是介民下的手。

做為朋友的介民，迷人之處正在於他對朋友的無限寬容，必要時無傷大雅的共同犯罪，與他相處，我總有一種「同謀者」的革命情感。介民的面貌是豐富的：做為學者的他，自律而嚴謹，搔首躑躅於反覆探求的主題。做為評論者的他，自信而正直，不怕得罪權勢和朋友，絕不在信念上妥協立場。做為老師的他，可親可愛可敬。不過，做為詩人的他，吟詠得意之餘會突然有點羞澀——好幾次他偷偷問我：妳真的覺得我的詩怎麼樣？——**嗨，介民，你的詩當然很好呀。笨蛋。不然我幹嘛自動請纓當你的詩集編輯？**——每次都很想吼他。

（二〇一四年編自己的詩集《無愁君》，想請介民寫推薦文，向他提議交換：「你幫我寫推薦、我幫你編詩集，如何？」其實，我知道無論如何介民都一定會幫忙，是我很想編他的詩集，自動創造藉口。）

我與介民寫作路數不同，兩人固然在作品上互相欣賞，面對面聊天時，總有意無意避免過度深入談論自己或對方的詩。我想，這是因為我們都是既誠實又羞怯的作者，詩所寫的就是生命內在的真實，真要互相討論起彼此作品，恐怕是過度裸露靈魂了——而裸露靈魂簡直比裸露身體更令人尷尬。所以我無法涉入評論，唯一向作品致敬的方式，就是很手藝地直接編輯。

這本詩集基本上順著詩人寫作的時間序編排，我希望讀者能夠辨識其間微妙的時光漂流，於作者、於作品。同一段時間的作品，篇幅長短互見，整本書如何安排詩的推進與停頓，形成更令人低迴的閱讀韻律？在詩與詩之間的空白處，如何穿插詩人親自手繪的插圖，讓想像力往復轉圜？我期待讀詩的人打從呼吸、打從身體有所領會。《地犬》從作品到編輯，都強烈邀請讀者認真參與，共構閱讀快感。

起稿這篇文字時，介民正在巴黎高等社科院，為這代人守護台灣民主的經驗發表系列演講。系列演講真是精神和體力的重勞動啊！勞動過後，他還要到東歐考察公民社會，那是詩人青年時代抵抗運動的鄉愁。我在島嶼的暑熱中，默想起他的詩句：「走入火，影子便巨大」——在這個搖晃的世界，寫詩的人的作品與行動究竟要動搖甚麼？守護甚麼？成就甚麼？留下甚麼？……我們懷抱著各自的天堂與地獄，如火張望，答案未必相同，但當然一切互相了解。

這是一本為了我們共同擁有的時代、共同憧憬的夢想、共同承受的焦慮、共同困惑的慾望、共同寫作的存在、共同記憶的塵埃……提出美好辯護的書，而我有幸以編輯的身分參與。同詩於一代是仙緣。

2016年7月20日於台北

作者簡介

吳介民

宜蘭出身。高中在木柵、三重晃過。台大政治系所畢。哥倫比亞大學政治學博士。哈佛大學博士後研究。參與學運，鹿港反杜邦運動（一九八六），「里巷工作室」拍攝《台胞》（一九九三）。一九九六年三月台灣總統選舉，中國飛彈威脅，在紐約共同發起「和平民主衛台灣」守夜。曾任教清大社會所，參與創辦當代中國研究中心與中國研究學程。現任職中央研究院。出版《第三種中國想像》、合編《秩序繽紛的年代》、翻譯Albert Hirschman《反動的修辭》。

文學叢書 522

地犬

作　　者　吳介民
總 編 輯　初安民
特約編輯　曾淑美
美術編輯　林麗華
校　　對　吳介民　曾淑美　林若瑜

發 行 人　張書銘
出　　版　INK 印刻文學生活雜誌出版有限公司
　　　　　新北市中和區建一路 249 號 8 樓
　　　　　電話：02-22281626
　　　　　傳真：02-22281598
　　　　　e-mail：ink.book@msa.hinet.net
網　　址　舒讀網 http：//www.sudu.cc

法律顧問　巨鼎博達法律事務所
　　　　　施竣中律師
總 代 理　成陽出版股份有限公司
　　　　　電話：03-3589000（代表號）
　　　　　傳真：03-3556521
郵政劃撥　19000691 成陽出版股份有限公司
印　　刷　海王印刷事業股份有限公司

出版日期　2017 年 1 月　初版
ISBN　978-986-387-103-3

定　價　280 元

國家圖書館出版品預行編目資料

地犬 / 吳介民 著；
--初版，--新北市： INK印刻文學，
2017.01　面 ；14.8 × 21公分（文學叢書；522）
ISBN 978-986-387-103-3（精裝）
851.486　　105008799